KB221059

CLASSICO

Part of Cow & Bridge Publishing Co.
Web site : www.cafe.naver.com/sowadari
3ga-302, 6-21, 40th St., Guwolro, Namgu, Incheon, #402-848 South Korea
Telephone 0505-719-7787 Facsimile 0505-719-7788 Email sowadari@naver.com

The Tale Of

HUNCA MUNCA or Two Bad Mice

by Beatrix Potter

Published by Cow & Bridge Publishing Co.
First original edition published by Frederick Warne & Co. London
This recovery edition published by Cow & Bridge Publishing Co. Korea

ISBN 978-89-98046-48-4

헝커멍커 이야기

베아트릭스 포터 지음

Cow & Bridge
PUBLISHING COMPANY

인형의 집을 가지고 놀던
작은 소녀에게

저기 인형이 사는 작은 집을 좀 보세요.
빨간 벽돌로 지은 인형의 집에는
하얀 창문이 달려 있고요.
창문에는 커튼이 달려 있어요.
지붕에는 굴뚝이 솟아 있고요.
어머, 작은 현관문도 있네요.

인형의 집에는
꼬마 인형 루신다랑 제인이 살아요.
하지만 루신다랑 제인은
요리를 하거나 밥을 짓지 않아요.
왜냐하면
작은 상자 안에 장난감 음식이
아주 많이 있으니까요.

맛있는 새우도 있고 두툼한 고기도 있고
신선한 생선도 있고 달콤한 푸딩도 있고
사과하고 오렌지도 있네요.
와, 예뻐라.
하지만 장난감 음식이라 접시에 딱 붙어서
정말로 먹을 수는 없답니다.

어느 날 아침

루신다하고 제인은 작은 마차를 타고

외출을 했어요.

이제 인형의 집에는 아무도 없어요.

집이 텅텅 비어서 아주 조용하겠지요?

그때 구석에 있는 벽난로 안에서

부스럭부스럭 소리가 났어요.

벽난로 구석에는 아주 작은 쥐구멍이 있어요.

작은 생쥐 톰썸이 쥐구멍으로

머리를 쏙 내밀고 주위를 살펴보고는

다시 구멍 속으로 쏙 들어갔어요.

잠시 후
톰썸의 부인 헝커멍커도
머리를 쏙 내밀고 주위를 살폈어요.
지금 방 안에는 아무도 없어요.
생쥐 부부 톰썸과 헝커멍커는
쥐구멍에서 나와서
방 여기저기를 둘러보고 다녔어요.

인형의 집은 벽난로 바로 옆에 있었어요.
톰썸과 헝커멍커는
조심조심, 살금살금
인형의 집으로 다가가서
삐그덕, 현관문을 열고
인형의 집으로 들어갔어요.

20

톰썸하고 헝커멍커는

거실도 구경하고 침실도 구경하고

부엌도 구경했어요.

그런데 식탁 위에

아주 먹음직스러운 음식들이

차려져 있지 뭐예요.

반짝반짝 은색 포크와 나이프도 있었고요.

눈이 휘둥그래진 톰썸이 말했어요.

"찍찍. 여보, 너무 맛있겠는 걸?"

톰썸은 포크와 나이프를 들고
제일 맛있어 보이는 고기를
썰어 먹으려고 했어요.
하지만 고기가 너무 딱딱해서
나이프가 부러지고 말았어요.
그러는 바람에 톰썸은 손가락을 베었어요.
톰썸이 손가락을 쪽쪽 빨면서
헝커멍커에게 말했어요.
"고기가 덜 익었나 보군.
여보, 당신이 한번 썰어 보구려."

헝커멍커는 의자 위에 올라서서
고기를 썰었어요.
하지만 고기가 너무 딱딱해서
아무 소용이 없었어요.
헝커멍커는 말했지요.
"딱딱한 걸 보니 맛도 없을 거예요."

화가 난 톰썸은

고기 접시를 식탁 아래로 던져 버렸어요.

그리고 헝커멍커를 보면서 말했어요.

"고기는 버립시다. 여보, 생선 좀 주겠소?"

헝커멍커는 생선을 덜려고 했지만
생선이 접시에 딱 붙어 있어서
떨어지지 않았어요.
화가 머리끝까지 난 톰썸은
생선 접시를 쿵쿵, 쾅쾅, 쿵쿵, 쾅쾅
티스푼으로 마구 두들겨 부숴 버렸어요.
접시는 산산 조각이 났어요.
그 음식들은 진짜 음식이 아니라
플라스틱으로 만든 가짜 음식이었어요.

톰썸하고 헝커멍커는

아직도 화가 풀리지 않았나 봐요.

푸딩하고 새우하고 오렌지하고 사과를

쿵쿵, 쾅쾅, 쿵쿵, 쾅쾅 부숴 버렸어요.

그리고 그것들을

부엌 난로 속에 넣어 버렸어요.

하지만 아무 것도 태울 수가 없었어요.

왜냐하면

난로 속 불도 가짜 불이었거든요.

톰썸은 부엌 굴뚝으로 들어가
꼭대기까지 올라가 보았지만
굴뚝에는 그을음이 하나도 없었어요.
불을 피운 적이 없나 봐요.

톰썸이 굴뚝에 올라가 있는 동안
헝커멍커는 찬장을 살펴봤어요.
찬장 안에는 깡통이 많이 있었는데요.
깡통에는 이렇게 쓰여 있었지요.
쌀, 밀가루, 커피, 설탕.
헝커멍커는 깡통을 뒤집어
속에 든 것을 쏟아냈어요.
하지만 나온 것은
쌀, 밀가루, 커피, 설탕이 아니라
빨간 구슬하고 파란 구슬이었어요.

실망한 두 마리 말썽꾼 쥐

그러니까 톰썸하고 헝커멍커는

말썽을 부리기 시작했어요.

톰썸은 숙녀 인형 제인의 옷장에서

분홍 옷을 꺼내서

창밖으로 집어던졌어요.

하지만 알뜰한 살림꾼 헝커멍커는

숙녀 인형 루신다의 베개에서

깃털을 절반쯤 덜어냈어요.

헝커멍커는 깃털이불을 만들고 싶었거든요.

톰썸과 헝커멍커는
영차, 영차
깃털 자루를 들고 인형의 집에서 나와
쥐구멍 속으로 쏙 들어갔어요.
자루가 너무 커서 힘들었지만
겨우겨우 쥐구멍으로 들어갔어요.

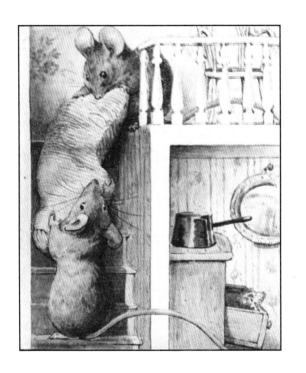

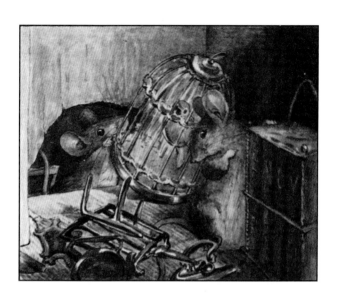

톰썸과 헝커멍커는
다시 인형의 집으로 돌아와서
의자하고 책장하고 새장하고
그리고 몇 가지 잡동사니들을 날랐어요.
하지만 새장하고 책장은 너무 커서
쥐구멍에 들어가지 않았어요.

헝커멍커는 새장하고 책장을
벽난로 옆 장작 뒤에 그냥 두고
대신 아기침대를
낑낑, 영차영차
끌어서 가지고 왔어요.

톰썸과 헝커멍커가 인형의 집에서
의자를 하나 더 들고 가려고 할 때
누군가 재잘재잘 떠들면서
계단을 올라오는 소리가 들렸어요.
두 마리 생쥐가 후다닥 뛰어서
쥐구멍으로 쏙 들어가자마자
숙녀 인형 제인과 루신다가 마차를 타고
집으로 돌아왔어요.

제인과 루신다는
엉망이 된 부엌과 침실을 보고는
누가 집을 난장판으로 만들었는지
너무 궁금해서
서로 말똥말똥 쳐다만 봤어요.
"아니, 이게 다 뭐야."
이렇게 말하면서요.

제인과 루신다는
벽난로 옆 장작 뒤에서
책장하고 새장을 찾아
도로 들고 왔어요.
하지만 아기침대하고 루신다 옷 몇 벌은
헝커멍커가 가져갔어요.

그리고

파란 주전자하고

손잡이 달린 냄비하고

프라이팬하고

또 작은 물건들도 가져왔어요.

인형의 집을 가지고 노는
소녀는 이렇게 말했어요.
"집 앞에 경찰 인형을 세워 놓을 거야."

소녀의 엄마는 이렇게 말했답니다.

"쥐덫도 놓아야겠구나."

하지만 톰썸과 헝커멍커는
그렇게 나쁜 쥐는 아니랍니다.
톰썸은 자기가 부순 음식들을
나중에 모두 물어냈어요.
크리스마스 이브 늦은 밤
톰썸은 바닥에 떨어진 동전을 주워
인형의 집에서 가져온 양말에 담아
인형의 집 문 앞에 놓아 두었답니다.

그리고 매일 아침에
아무도 일어나지 않은 이른 아침에
헝커멍커가 빗자루랑 쓰레받기를 들고
인형의 집에 몰래 찾아와서
어질러진 부엌과 침실을
말끔히 청소했답니다.

방을 어질러 놓은 사람이 방을 치워야 해요.

- 끝 -

오리지널 피터래빗 시리즈 09

The Tale of Two Bad Mice
헝커멍커 이야기

Copyright 헝커멍커 이야기 © 2014
Cow & Bridge Publishing Co. all rights reserved.
이 책의 저작권 및 출판권은 도서출판 소와다리가 소유합니다.

1판 1쇄 2014년 12월 5일
지은이 베아트릭스 포터 **옮긴이** 김동근
발행인 김동근
발행처 소와다리
출판등록 제2011-000015호(2011년 8월 3일)
주소 인천광역시 남구 구월로 40번길 6-21번지 3가동 302호
전화 0505-719-7787
팩스 0505-719-7788
이메일 sowadari@naver.com

파본은 구입처를 통해 바꿔드립니다.

ISBN 978-89-98046-48-4